DÉCIDUOME MALIN

OU

ÉPITHÉLIOMA ECTO-PLACENTAIRE

PAR

J. LOUVRIER

Docteur en médecine

MONTPELLIER
IMPRIMERIE CENTRALE DU MIDI
(HAMELIN FRÈRES)

—

1897

DU

DÉCIDUOME MALIN

ou

ÉPITHÉLIOMA ECTO-PLACENTAIRE

PAR

J. LOUVRIER

Docteur en médecine

MONTPELLIER

IMPRIMERIE CENTRALE DU MIDI

(HAMELIN FRÈRES)

—

1897

A MON PÈRE ET A MA MÈRE

A MES FRÈRES

A MES PARENTS

J. LOUVRIER.

A MES MAITRES

DE LA FACULTÉ DE MÉDECINE DE MONTPELLIER

A MON PRÉSIDENT DE THÈSE

MONSIEUR LE PROFESSEUR TEDENAT

A TOUS MES AMIS

J. LOUVRIER.

PRÉFACE

Il existe, ou du moins il peut exister, dans la vie génitale de la femme, une tumeur encore complètement inconnue, il y a quelques années, et qui s'est révélée tout à coup par la gravité de ses symptômes et par sa structure toute particulière. Comme dans toutes les affections que l'on rencontre pour la première fois, la lumière a été loin d'être complète et immédiate. Mais peu à peu des cas nouveaux ont été découverts, des études minutieuses ont été faites, des opinions diverses ont été émises, et on est arrivé, semble-t-il, à débrouiller un peu ce qu'il y avait de confus au début. Aujourd'hui, si le dernier mot n'a pas été dit, du moins l'idée que l'on s'en fait est bien plus nette, et les explications données bien plus plausibles.

Cette tumeur a reçu le nom de *déciduome malin.* Mais nous verrons, dans le courant de notre travail, ce qu'il faut penser de cette appellation, et si ce nom, qu'on a voulu lui donner en s'appuyant sur sa structure, convenait à un néoplasme dont l'histologie, à cause du petit nombre de cas observés, était sujette à discussion.

C'est de ce genre de tumeurs, aujourd'hui plus à l'ordre du jour que jamais, que nous avons décidé de traiter dans notre thèse inaugurale. Si nous ne l'avons pas fait avec toute la compétence qu'exige une pareille matière, nous aurons au moins contribué à son étude, par la communication de deux observations inédites que M. le professeur Tédenat a bien voulu mettre à notre disposition.

Après avoir dit, en quelques mots, l'histoire du déciduome malin, et montré les phases successives par lesquelles il est passé, nous tâcherons d'établir son origine et ses causes ; puis nous nous étendrons longuement sur sa structure, en tenant compte des différentes observations que nous aurons rapportées, et nous verrons alors quelle est sa nature. Nous attirerons ensuite l'attention du clinicien sur les symptômes, bien qu'ils soient peu nombreux, sur le diagnostic difficile parfois, et nous terminerons par quelques mots sur la marche de cette affection et son traitement.

Nous allons donc accomplir notre dernier acte à la Faculté de médecine de Montpellier. Mais, prêt à franchir le seuil de cette École, nous ne pouvons nous empêcher de songer aux difficultés qui pourront surgir devant nous lorsque nous serons livré à nos seules forces. Nous espérons pouvoir en triompher en nous rappelant toujours le bon enseignement qui nous a été donné, et en mettant en pratique les excellents conseils que nous avons reçus dans le cours de nos études.

C'est donc un devoir pour nous, mais en même temps un véritable plaisir, d'adresser ici nos remerciements à tous les maîtres de cette École.

Que MM. les professeurs Grasset, Estor et Ducamp, MM. les professeurs agrégés Rauzier, Brousse et Puech, reçoivent l'hommage de notre profonde reconnaissance.

Mais nous ne saurions ne pas remercier plus particulièrement M. le professeur Tédenat pour l'attention qu'il n'a cessé de nous prodiguer pendant les six mois que nous avons passé dans son service comme externe, et pour l'honneur qu'il nous a fait en acceptant la présidence de notre thèse. Nous ne l'oublierons jamais.

DU

DÉCIDUOME MALIN

OU

ÉPITHÉLIOMA ECTO-PLACENTAIRE

———◆———

I

HISTORIQUE

On donne le nom de *déciduome malin* à une tumeur rongeante et donnant lieu à des métastases, qui se forme dans l'utérus (ou en dehors, dans le cas de grossesse extra-utérine), rarement pendant la grossesse, le plus souvent quelque temps après un accouchement normal ou anormal, lorsqu'il y a eu rétention de débris placentaires.

Maier, le premier, en 1876, attira l'attention sur ce genre de tumeurs; mais son cas ne fut reconnu comme déciduome malin qu'après la communication de Hégar au quatrième Congrès allemand de gynécologie à Bonn, en 1891.

De 1876 à 1889, il n'est plus question de rien. A cette époque, Sänger découvrit des caractères spéciaux à ces tumeurs, comprit toute leur importance et fit remarquer que rien de semblable n'avait été décrit jusqu'alors. Il en fit une étude très détaillée et les classa à part sous le nom de *sarcome déciduo-cellulaire,*

Ce qui doit frapper ici, et nous nous y arrêtons un instant avant d'aller plus loin, c'est que le déciduome malin ait pu passer si longtemps inaperçu. Comment, alors que les autres tumeurs de l'utérus sont connues depuis si longtemps, l'existence de celle-ci vient-elle à peine d'être révélée ?

De tout temps, il y a eu des accouchements ; de tout temps, il y a eu rétention du placenta et on n'a jamais parlé de déciduome malin. Se trouve-t-on en présence d'un nouveau genre de tumeurs qui se développerait sous une influence encore inconnue ? Faut-il croire que certaines affections de l'utérus, dans les suites de couches, disparaissaient autrefois derrière l'infection puerpérale, et que l'antisepsie, la rendant plus rare, a permis de dévoiler certains faits qui passaient jadis inaperçus ? Ou bien doit-on admettre que l'antisepsie, empêchant les résidus placentaires de se putréfier, leur laisse assez de vie et de force pour permettre à leurs éléments de proliférer et de se greffer sur la paroi utérine dépourvue de muqueuse ?

Mais, avant l'antisepsie, les accouchements n'étaient pas toujours suivis d'infection, et il serait bien étonnant que tous les cas de déciduome se soient abrités derrière elle et aient été ainsi ignorés. Et comment mettre en cause l'antisepsie, dans les cas, rares il est vrai, — mais on en a cité, — où la tumeur est contemporaine de la grossesse ?

Pour nous, nous aimons mieux croire que si le déciduome n'a été connu que de nos jours, c'est qu'il a dû, jusque-là, être confondu avec les tumeurs d'un autre genre, sarcome, carcinome ou épithélioma. A cela il n'y a rien d'étonnant, puisqu'aujourd'hui encore sa nature est l'objet de nombreuses discussions.

Après Sänger, plusieurs cas ont été publiés et l'étude du

déciduome malin a été approfondie. Pfeiffer, Chiari, Müller relatent successivement une ou plusieurs observations.

Gottschalk, le premier, attire l'attention sur le rapport des déciduomes avec les môles hydatiformes et ne veut voir dans ces tumeurs malignes que des sarcomes des villosités choriales.

Puis viennent les cas de Kœttnitz et Löhlein.

En 1894, Nové-Josserand et Lacroix, pour la première fois en France, rapportent une observation et réfutent la théorie de Gottschalk. Pour eux les villosités ne sont jamais atteintes et le nom de déciduome convient bien à ces tumeurs, parce qu'elles se forment toujours aux dépens de la membrane déciduale.

Jeannel, au contraire de ses prédécesseurs, ne trouve pas trace de tissu conjonctif dans son cas.

A la même époque, Fränkel relate une observation ; il considère la tumeur comme provenant uniquement du revêtement épithélial des villosités et en fait un carcinome.

Hartmann et Toupet voient un rapprochement entre la môle et le déciduome : la première est un myxome, le second un sarcome des villosités choriales.

Marchand, à son tour, fait du déciduome une tumeur épithéliale, développée aux dépens de deux couches des villosités, l'une maternelle, l'autre fœtale.

En 1895, Bacon ne trouve pas de villosités dans son cas ; il fait un groupe à part des tumeurs utérines qui en renferment et qui sont bien différentes du déciduome malin. Il admet la théorie de Nové-Josserand.

Carl Ruge veut rayer du nombre des déciduomes certains cas décrits comme tels et qui en réalité n'en sont pas. Pour lui, l'origine de la tumeur est épithéliale et il admet la théorie de Marchand.

Les travaux les plus récents sur la matière sont ceux de

Cazin, en 1896, qui retourne à l'idée de sarcome, et enfin de Durante qui repousse le nom de déciduome comme impropre, car la tumeur provient de l'épithélium des villosités. Mais, au contraire de Marchand, cet épithélium est tout d'origine fœtale et provient de l'ectoderme. Aussi donne-t-il à cette tumeur le nom de *épithélioma ecto-placentaire*.

Bien d'autres auteurs ont écrit sur cette question, mais nous n'avons cité que les principaux.

Cela nous suffit pour bâtir l'histoire du déciduome malin et montrer les différentes étapes qu'il a parcourues pour arriver jusqu'à aujourd'hui. A mesure qu'on croit le mieux connaître, chacun lui donne un nom différent en rapport avec la nature qu'on lui attribue : déciduome malin, sarcome déciduo-cellulaire, sarcome chorio-déciduo-cellulaire, carcinome provenant de l'épithélium des villosités choriales, épithélioma ecto-placentaire, tels sont les termes divers dont on se sert pour désigner cette tumeur suivant qu'on la croit formée uniquement par le tissu décidual, par le tissu placentaire, ou par les deux, ou enfin par l'épithélium ecto-placentaire. Il est donc nécessaire qu'un plus grand nombre de cas se présentent et soient étudiés à fond avant de pouvoir se prononcer définitivement. Peut-être alors verra-t-on là autant de néoplasmes différents, peut-être les réduira-t-on seulement à deux ou trois groupes, ou bien même s'apercevra-t-on que c'est toujours la même tumeur sur la structure de laquelle on s'était trompé.

Nous allons maintenant rapporter les principales observations que nous connaissons ; nous en ajouterons deux inédites, et d'après cet ensemble nous tâcherons de faire la pathologie du déciduome malin.

II

OBSERVATIONS

—

Observation I

(Communiquée par M. Tédenat)

Avortement molaire à quatre mois.— Deux mois après, métrorrhagies.— Hystérectomie totale.— Guérison.— La malade succombe dix mois plus tard cachectique
avec des masses néoplasiques intra-pelviennes.

Mme R... âgée de trente-trois ans, est adressée par M. le docteur
Martin à M. le professeur Tédenat, le 13 juillet 1894.

Antécédents. — Père de bonne santé, âgé de soixante-huit ans.
Mère morte de phtisie pulmonaire. Deux sœurs plus âgées bien por-
tantes.

De constitution moyenne, Mme R... a été réglée à quatorze ans, sans
accidents. Menstrues régulières durant trois ou quatre jours. Grossesse et accouchements normaux à vingt-quatre et vingt-sept ans.

Les règles ont manqué de décembre à avril avec tous les signes
d'une grossesse régulière. Le 10 avril, expulsion d'une môle rougeâtre, racémeuse. Hémorragie abondante ayant nécessité l'emplo
d'injections chaudes et du seigle ergoté pendant quatre jours.

La malade garda le repos au lit pendant trois semaines et avait
repris sa santé ordinaire, ne souffrant pas, un peu anémique pourtant.

Dans les premiers de juin, ménorrhagie abondante, avec gros caillots,
nécessitant l'emploi des injections chaudes et de l'ergotine. La perte
de sang dura pendant huit jours.

Nouvelle hémorragie vers le 20 juin. Elle dure cinq jours. Caillots
et masses charnues molles, d'un rouge pâle. Perte roussâtre, ayant
une odeur mauvaise. Quelques caillots sanguins sont expulsés le 3 et
le 4 juillet. L'utérus reste gros malgré les irrigations chaudes et l'emploi combiné de l'ergot de seigle et de la teinture d'*hydrastis cana-
densis*.

13. — M. Tédenat trouve la malade dans l'état suivant :

Pâleur marquée. Amaigrissement. Pas de douleurs pelviennes, sau
des coliques vives coïncidant avec l'expulsion de caillots il y a quelques jours.

Exploration combinée. — Col un peu gros, ferme, sans déchirure
récente, largement ouvert. Utérus volumineux, élargi, avec son fond
affleurant à la partie supérieure de la symphyse, mobile, sans douleur
anormale ; pas de bosselures sous-péritonéales. Le doigt pénètre
dans l'utérus facile à refouler en bas par la pression de la main appli-
quée sur l'abdomen. Il y sent des masses qui sont friables. Expulsion
de sang avec caillots noirs traversés de travées fibrineuses d'un blanc
jaunâtre.

On fait une irrigation antiseptique chaude. Gaze iodoformée. Sup-
positoire morphiné.

15. — Pas d'accidents, sauf une augmentation du suintement hémorragique. Le diagnostic reste en suspens : il y a un néoplasme, mais
est-ce un épithélioma ou un sarcome ?

16. — Curettage. Ablation de masses molles, rouges ou gris pâle
selon les points, entremêlées de menus caillots et de points hémorragiques.

Cautérisation avec la solution de chlorure de zinc à un dixième. La
cavité utérine est bourrée de gaze iodoformée qui sert aussi à tam-
ponner le vagin sous pression moyenne.

Sur des préparations colorées au picro-carmin, après fixation et
durcissement (liquide de Roule et alcool), on trouve de grosses cellules
groupées par îlots, arrondies ou polygonales, juxtaposées. Elles ont
un noyau énorme qui a pris fortement la matière colorante. Çà et là
on trouve des cellules analogues, disséminées au milieu de leucocytes.
Par places, extravasats d'hématies.

M. Tédenat s'arrête au diagnostic de déciduome et propose l'hystérectomie vaginale. Elle n'est acceptée que le 26 juillet, à la suite
de pertes sanguines abondantes survenues du 20 au 24 et peu influen-
cées par les injections chaudes, l'ergotine ou l'extrait fluide d'hydrastis.

28 juillet. — Hystérectomie vaginale totale avec ablation des annexes. L'opération, faite suivant le procédé de Doyen, est relativement
facile. Pinces clamps remplacées à la fin de l'opération par des liga-
tures.

Guérison sans accidents. — La malade quitta Montpellier le 15 août. Elle se porta bien pendant sept mois. Alors survinrent quelques douleurs.

Le 15 mars, elle vint consulter M. Tédenat, qui la trouva pâle, anémiée, avec un peu d'œdème des membres inférieurs et un épanchement ascitique très net.

Par l'exploration, masses empâtant la cavité pelvienne au-dessus du vagin et perceptibles vaguement par l'abdomen. Rien d'apparent au foie ni aux poumons. Douleurs vives au bas-ventre, aux lombes, irradiées aux membres inférieurs. La cachexie survient peu à peu, l'ascite augmente. Vomissements fréquents pendant les huit ou dix jours qui précédèrent la mort (10 mai).

Examen des pièces. — Longueur totale de l'utérus, 13 centimètres. Col large, béant, sans altération appréciable. La paroi postérieure présente au voisinage du fond deux nodules du volume d'une grosse noix verte séparés par un intervalle de deux centimètres de muqueuse végétante. La partie superficielle de ces masses a l'aspect d'un caillot sanguin noir. Sur une coupe radiée, on voit le caillot sanguin s'enchevêtrer profondément avec des travées minces d'un tissu blanc rosé. Elles s'épaississent en une masse d'aspect jaunâtre, qui se termine en saillies mamelonnées, qui s'insinuent dans le tissu utérin, tellement aminci au niveau des plus gros mamelons que ceux-ci atteignent la tunique séreuse. Çà et là quelques points hémorragiques.

L'ovaire droit porte un corps jaune récent, et est œdématié. Ovaire gauche normal. Trompes légèrement dilatées par un liquide noirâtre visqueux.

Sur des coupes faites dans la partie centrale de la tumeur, on trouve des amas de grosses cellules à noyau volumineux, fortement coloré. Elles sont disposées par îlots, juxtaposées, et ces îlots sont entourés d'un réseau de cellules fusiformes, rares, avec de nombreux leucocytes. Quelques cellules énormes ont cinq et dix noyaux.

A la partie externe, les grosses cellules sont isolées, arrondies, situées entre les fibres musculaires de l'utérus, faiblement colorées. Vaisseaux à paroi embryonnaire, remplacée par endroits par les grosses cellules.

Observation III

(Communiquée par M. Tédenat)

Métrorrhagie survenue huit mois après un accouchement. — Curettage. — Grosses cellules déciduales. — Trois mois après, retour des hémorragies. — Curettage. — Cachexie avec ascite et lésions multiples des organes pelviens.

Mme X... quarante-sept ans, réglée à quinze ans. Accouchements à vingt-neuf et trente-quatre ans. Troisième accouchement le 10 septembre 1894 d'un enfant du sexe masculin mort-né. Pertes normales. Menstruation régulière, mais plus abondante et plus longue, huit jours au lieu de cinq, en novembre, décembre, janvier, février et mars. En avril, hémorragie abondante avec caillots, suivie de pertes aqueuses durant huit jours.

Deux métrorrhagies de dix à douze jours en mai.

Le docteur Teissonnière adresse la malade à M. Tédenat, le 29 mai 1895.

Femme pâle, sans forces, sans appétit. Léger œdème des malléoles et de la face interne des cuisses. Douleurs au moment des pertes. Utérus gros, mobile. Col béant et rempli par de grosses masses molles attachées dans la cavité corporéale. Caillots sanguins noirs, fermes après l'exploration.

3 juin. — Curettage avec la grosse curette mousse de Récamier-Pozzi. Extraction de deux verres à Bordeaux de masses molles ayant l'aspect de chair d'huîtres avec extravasats sanguins. Hémorragie notable qui cède à l'injection chaude. Tamponnement de la cavité utérine avec la gaze iodoformée après badigeonnage à la solution de chlorure de zinc à un dixième. Pas de douleurs malgré le tamponnement serré.

6. — La malade va bien. Pansement. Irrigation intra-utérine au lysol à 2 pour 100. Cautérisation avec chlorure de zinc à 1 pour 100. Tamponnement lâche de l'utérus et du vagin. Pas de suintement sanguin.

10. — Nouveau pansement. La gaze est un peu ensanglantée.

15. — La malade quitte Montpellier, sans modifications dans son état.

En juillet et août, menstruation abondante avec caillots. Suintement sanieux, un peu fétide, du 20 août au 12 septembre. La malade

revient à Montpellier. État général plus mauvais. Utérus augmenté
de volume depuis le mois de juin. Douleurs permanentes abdominales
et lombo-sacrées, par moments très violentes. Suintement abondant
d'un liquide noirâtre avec petits caillots et débris charnus mous gri-
sâtres.

18 septembre. — Curettage superficiel avec la curette mousse de
Simon. Très peu d'hémorragie. Masses molles, gris rosé. Tamponn-
ments de l'utérus et du vagin avec la gaze iodoformée.

2 octobre. — La malade retourne chez elle nullement améliorée. Ascite. On sent des masses noduleuses, de consistance moyenne, dans le
cul-de-sac postérieur. Elle succombe à la fin de novembre, cachectique, avec de violentes douleurs et une fistule vésico-vaginale survenue vers la fin d'octobre.

Sur des préparations faites avec les portions les moins altérées des
masses enlevées lors du premier curettage, on voyait : éléments embryonnaires et fuso-cellulaires entre lesquels existaient de grosses cellules
isolées arrondies ou ovalaires à gros noyau. Par endroits ces cellules se groupaient au nombre de 8 ou 10 juxtaposées sans interposi-
tion. Nombreux globules rouges. Aucune disposition aréolaire ou
en cul-de-sac glandulaire. Pas de fibres musculaires nettement recon-
naissable ; les rares éléments fuso-cellulaires n'avaient pas la striation
des fibres du muscle utérin.

Observation III

(MAIER)

(Résumée)

Femme de quarante ans. Accouchement prématuré à six mois avec
expulsion d'une tumeur.

A l'examen, cette tumeur fut reconnue comme constituée par
une membrane conjonctive émettant des prolongements, et par de
grosses cellules semblables aux cellules de la caduque. Dans les lacunes formées par la réunion des prolongements on trouve des éléments qui, tout d'abord, paraissent former un champ épithélial, mais
qui, à un examen plus approfondi, se montrent être du tissu décidual.

La malade fut considérée comme guérie et on ne porta pas plus
d'attention à la tumeur. Mais, en 1891, Hégar a révélé que la malade

mourut, quelques mois après son accouchement, à la suite de fortes
hémorragies et de pertes couleur jus de fumier, et que le médecin
se prononça pour un cancer de l'utérus. Hégar considère ce cas comme
un déciduome malin.

Observation IV

(Saenger)

Femme de vingt-trois ans. Avortement incomplet à deux mois.
Pertes abondantes pendant un mois avec fièvre. Curettage à la suite
duquel hémorragies et fièvre disparaissent; mais convalescence lente.

Quelques mois après apparaît, dans la fosse iliaque droite, une tumeur que l'on prend pour un abcès provenant d'une infection de l'u-
térus et que l'on incise.

Au lieu de pus, on trouve un tissu fongueux formé de deux sortes
de cellules, les unes volumineuses, rondes, à gros noyaux, les autres
allongées, et de points hémorragiques nombreux. L'incision a mis l'os
iliaque à découvert.

Comme la malade présentait depuis quelque temps des phénomènes
pulmonaires et devenait cachectique, on crut à une affection tuber-
culeuse de l'os iliaque. Mais l'attention fut de nouveau attirée du côté
de l'utérus par son développement rapide. On pensa à des collections
purulentes et on s'apprêtait à les rechercher, quand la malade mourut sept mois après le début de sa maladie.

A l'autopsie, on trouva à gauche des adhérences de l'utérus avec
l'épiploon et l'intestin, et, dans le tissu utérin, des masses rouge som-
bre, fongueuses et de volume variable. Muqueuse lisse.

Métastases dans les deux poumons et le diaphragme.

Au microscope, on trouva de grosses cellules rondes à gros noyaux,
semblables aux cellules géantes de la caduque, et on pensa à un déciduome malin métastatique (ce qui n'a jamais été observé jusqu'ici, dit
Sänger), c'est-à-dire à une tumeur nouvelle ne provenant pas d'un
épithélium, mais des cellules du tissu conjonctif de la caduque et for-
mant des métastases.

Observation V

(Gottschalk)

(In *Revue des Sciences médicales de Hayem*)

Femme de quarante-deux ans ; en 1885, après deux avortements, rétroflexion utérine ; en 1886 et 1887, deux accouchements à terme ; à la suite du second, récidive de la rétroflexion ; en été 1891, troisième avortement suivi de curettage ; en 1891, nouvelle grossesse ; en janvier 1892, à l'époque menstruelle, léger écoulement sanguin pendant un jour ; le 10 février, métrorrhagie profuse ; utérus rétrofléchi, mou et volumineux comme au deuxième mois de la grossesse ; les jours suivants, restes de placenta dans les pertes qui sont profuses ; le 18 février, curettage qui ramène de nombreux débris de caduque ; les jours suivants, douleurs expulsives et issue de caillots volumineux ; le 21 février, col largement ouvert ; au niveau de l'orifice interne, on sent l'extrémité inférieure d'un corps allongé, spongieux, facile à détacher de son point d'insertion à l'angle droit du fond de l'utérus (fragment de placenta). Durant les six semaines suivantes, écoulement rougeâtre abondant ; le 8 avril, nouvelle perte sanguine incomplètement arrêtée par le tamponnement ; le 28 avril, un nouveau curettage n'extrait que quelques lambeaux de caduque. Les hémorragies ne tardent pas à reparaître et persistent malgré le redressement de l'utérus. Le 24 juin, la perte est si profuse qu'elle détermine une syncope ; le col est largement béant, la cavité utérine dilatée et pleine de masses d'apparence placentaire ; extraction de plusieurs poignées de masses spongieuses, rouge foncé, adhérant surtout à l'angle droit et au fond de l'utérus. Anémie intense, œdème malléolaire, toux quinteuse, pas d'albuminurie.

Les hémorragies continuant, on fait un nouveau râclage le 27 juin ; les pertes sanguines s'arrêtent, mais il y a un écoulement rougeâtre.

Huit jours après le curettage surviennent des vomissements répétés plusieurs fois par jour et des quintes de toux.

Le 22 juillet, métrorrhagies profuses et utérus redevenu volumineux comme avant le râclage.

Le lendemain, Gottschalk voit pour la première fois la malade.

Utérus gros comme au huitième mois d'une grossesse, rétrofléchi, très mobile, mou et douloureux ; après dilatation artificielle du col, on constate que la partie supérieure de la cavité utérine est occupée par des masses molles, un peu bosselées, qui pénètrent dans l'épaisseur des parois et se laissent enlever sans que jamais le doigt rencontre la résistance normale de la musculature de l'utérus. Examinées sous le microscope, ces masses représentent une dégénération sarcomateuse des villosités choriales placentaires. Sur les villosités malades, la substance muqueuse a complètement disparu pour faire place à de grosses cellules, polymorphes, riches en protoplasma, nettement distinctes de l'épithélium villeux qui a lui-même proliféré. Le point de départ de la néoplasie est bien dans les cellules du stroma villeux, car il subsiste des villosités dont l'épithélium est encore presque normal, tandis que leur stroma est sarcomateux. La caduque réfléchie, entourant l'insertion placentaire, est traversée en tous sens par des villosités malignes au niveau desquelles existe une prolifération du tissu interglandulaire.

A la suite de ce curage manuel, on constata pour la première fois la cessation complète de tout écoulement durant une quinzaine ; mais l'état général resta mauvais ; les vomissements, la toux, la faiblesse, la petitesse et la fréquence du pouls persistèrent ; puis il y eut réapparition d'abord de l'écoulement, ensuite des métrorrhagies, et augmentation du volume de l'utérus.

Le 12 août, une nouvelle dilatation artificielle du col fait reconnaître la reproduction du néoplasme au niveau de l'insertion placentaire, et son extension à l'angle gauche et à la paroi postérieure du fond de l'utérus. Dès le lendemain, violent frisson avec 40°3.

Opération radicale le 16 août, la malade ayant 150 pulsations et une température de 39°4. Ablation par le vagin de l'utérus, des trompes et des ovaires ; l'ovaire droit contient un corps jaune récent. Suture continue de la cavité péritonéale ; fixation des moignons dans la plaie ; drainage des ligaments larges.

Immédiatement après, disparition de la toux et des vomissements, mais persistance de l'œdème malléolaire, sans albuminurie.

L'opération date de trois mois et il n'y a pas eu jusqu'ici de récidive.

L'utérus était très augmenté dans tous ses diamètres ; sa cavité avait une longueur de 16 centimètres.

Au niveau des parois saines, la musculature était hypertrophiée, pâle et graisseuse, tandis qu'au niveau des parties malades les parois n'avaient qu'une épaisseur de quelques millimètres et offraient l'aspect rouge vif du néoplasme. Le excroissances villeuses proéminaient dans la cavité utérine et s'enfonçaient dans la profondeur; il ne subsistait pas trace de muqueuse à leur niveau. Dans l'épaisseur de la paroi antérieure, près du fond et de la corne gauche, se trouvait un noyau rouge grisâtre, gros comme une noisette, dur, de surface irrégulière, relié aux proliférations superficielles par des troncs de villosités et composé de villosités sarcomateuses qui avaient perforé les muscles. Le caractère malin de l'affection ressort pleinement quand on réfléchit qu'il ne s'était écoulé que deux semaines et demie depuis le dernier raclage utérin.

La malade mourut sept mois après l'opération, au milieu d'accidents cérébraux; malheureusement, on ne put ouvrir le crâne. Le lobe inférieur du poumon droit a contracté des adhérences presque fibreuses avec la cage thoracique et renferme à ce niveau une tumeur plus grosse qu'une pomme; les lobes moyen et supérieur contiennent des tumeurs plus petites. Le poumon gauche renferme aussi quelques petits noyaux. La rate hypertrophiée contient dans son tiers inférieur un noyau. L'hypocondre droit est occupé par une tumeur ayant le volume d'une tête de nouveau-né, lâchement reliée par de frêles adhérences aux intestins voisins, et dépendant du rein qui a conservé sa forme et est seulement épaissi. Capsule surrénale infiltrée de sang.

Sur la coupe, la grosse tumeur se révèle composée de deux choses distinctes. A la partie supérieure, se voit une tumeur un peu bosselée, mais en somme sphérique, et ayant les dimensions d'une grosse pomme. Comme la tumeur des poumons et de la rate, elle est constituée en majeure partie par une masse spongieuse de couleur rouge gris et jaune rougeâtre, avec par places une charpente fibreuse ressemblant beaucoup à celle du placenta. Une grande quantité de sang infiltrée masque compètement par endroits la structure de cette tumeur. Le reste de la grosse tumeur, c'est-à-dire sa portion principale, est formé par un caillot sanguin, assez ferme, situé entre le rein et sa capsule.

Rein gauche sain. Tous les ganglions lymphatiques du corps sont normaux ainsi que le rectum et la vessie.

Observation VI

(Pfeiffer)

(*Résumée*)

Femme de trente-six ans. Expulsion d'une môle hydatiforme. Huit mois après, forte hémorragie. Pas de diagnostic précis. Les lésions pulmonaires marchant rapidement (dyspnée, toux, expectoration purulente), la malade fut emportée avant toute opération.

Diagnostic. — Tuberculose pulmonaire, endocardite chronique (insuffisance mitrale) et tumeur utérine.

A l'autopsie, masses néoplasiques dans le poumon. Dans le vagin deux tumeurs, l'une comme une noix, l'autre comme une noisette.

Utérus augmenté de volume et occupé par une tumeur comme le poing insérée dans le fond.

Au microscope, grosses cellules au milieu de cellules conjonctives, et entre ces cellules une substance finement granuleuse. Par endroits ces cellules ont une forme polygonale, et paraissent appartenir à du tissu épithélial. Les cellules s'insinuent entre les fibres musculaires et envahissent les parois des vaisseaux sanguins et lymphatiques, puis pénètrent dans leur lumière et forment des métastases.

Observation VII

(Mueller)

(*Résumée*)

Femme, trente ans. Expulsion d'une môle hydatiforme. Fortes hémorragies. Curettage et tamponnement. Plus tard, dans l'utérus, on trouva des masses molles et, dans le vagin, des kystes qui, ouverts, montrèrent des cellules déciduales au milieu d'un stroma conjonctif.

Intervention impossible à cause du mauvais état général. Mort. Pas d'autopsie.

Observation VIII

(Nové-Josserand et Lacroix)

(*Résumée*)

R ..., vingt-quatre ans. Réglée à quinze ans, toujours régulièrement. Mariée à vingt et un ans ; deux accouchements à terme. Au mois de mars 1892, troisième grossesse et expulsion d'une môle hydatiforme qui fut précédée d'hémorragies qui se répétèrent pendant six à huit semaines.

Les hémorragies reparurent un mois après et se renouvelèrent à des intervalles variant de trois à huit jours. La malade entra alors à l'hôpital.

Elle était alors très anémiée ; pas de fièvre. A l'examen local on trouva l'utérus en position normale, un peu volumineux, le col fermé, résistant, rien du côté des annexes.

Après dilatation du col, on trouva la cavité utérine agrandie, libre, contenant des caillots sans vésicules hydatiques. Sur la face antérieure de la cavité existait un point ramolli au niveau duquel le doigt s'enfonçait facilement et semblait pénétrer jusqu'au péritoine. Trois petits fragments furent détachés. Lavage et tamponnement de l'utérus avec une mèche de gaze iodoformée.

Amélioration, et la malade quitte le service le 26 juin. L'examen des fragments montra des fibres musculaires lisses de la paroi utérine qui paraissaient saines, et, entre elles, des cellules particulières, volumineuses, à gros noyau de formes différentes, isolées ou groupées. On pensa être en présence de la zone d'infiltration d'une tumeur, variété particulière du carcinome vrai de l'utérus.

On engagea la malade à rentrer dans le service, et elle s'y décida, d'autant plus que les hémorragies avaient reparu depuis sa sortie du service.

A ce moment (10 juillet), la malade était tout à fait exsangue et toussait un peu, mais l'examen du poumon resta tout à fait négatif. Au toucher, col fermé, de consistance et de forme normales. Corps en antéversion physiologique, et on sentait un noyau assez dur à la face antérieure. Utérus mobile. Pas d'induration dans les ligaments. Annexes gauches volumineuses ; rien à droite.

Hystérectomie vaginale, le 12 juillet.— L'ovaire gauche et les annexes droites furent laissés. Suites très bonnes. La malade quitte le service le 7 août en très bon état, bien qu'il persistât un peu d'anémie. Trois mois après, l'état général continue à être excellent.

Examen de la pièce.— Utérus augmenté d'un tiers. Renferme une tumeur arrondie, régulière, du volume d'une noix, implantée sur la paroi postérieure, de consistance molle et de couleur rouge foncé.

A la coupe, la tumeur offre une structure partout la même. On trouve un tissu mou imbibé de sang comme une éponge et dans lequel on voit de fines travées de fibrine. Au niveau du pédicule, on voit que la tumeur repose directement sur un tissu qui a macroscopiquement tous les caractères du muscle utérin et qui constitue la plus grande partie de ce pédicule.

Dans ce tissu on trouve trois petits points rouges dont le volume ne dépasse pas celui d'une tête d'épingle, et de consistance molle.

Enfin, dans l'épaisseur de la paroi antérieure, on trouve deux noyaux intra-musculaires présentant la même consistance et les mêmes caractères que les petits noyaux du pédicule.

Examen histologique. — Dans la portion exubérante de la tumeur on ne trouve qu'un coagulum sanguin avec de grosses cellules isolées ou groupées.

Le néoplasme ne présente aucune limite précise, soit du côté de la muqueuse utérine avoisinante, soit du côté du muscle utérin.

La muqueuse utérine sur la marge de la tumeur ne présente que des signes d'inflammation banale ; mais, à mesure qu'on se rapproche du néoplasme, les glandes disparaissent, et on commence à voir de grosses cellules à noyaux volumineux. Le muscle est également envahi par le néoplasme.

Le tissu néoplasique est constitué par de véritables cellules géantes renfermant de très gros noyaux fortement colorés. Leurs différents modes de groupement font penser par endroits à de l'épithélioma ou du carcinome. Mais les cellules ne sont pas réunies par un ciment comme dans l'épithélioma, et il n'y a pas de disposition alvéolaire véritable comme dans le carcinome. En d'autres points on pense à un sarcome à myéolaplaxes.

Parmi les cellules propres du néoplasme, nous pouvons distinguer deux groupes.

Les unes, de taille moyenne, très nombreuses, servent pour ainsi dire de gangue aux cellules du second groupe. Contours mal délimités, formes diverses ; protoplasma finement granuleux, peu coloré par les réactifs. Noyau toujours unique, peu coloré également.

Les autres sont remarquables par leurs dimensions colossales. Leur forme est sujette à des variations très considérables. Protoplasma assez homogène. Dans certaines cellules, il l'est davantage, son éclat est gras et son affinité pour les matières colorantes est plus grande : dans ce cas, les cellules sont vraiment épithélioïdes.

La plupart de ces grosses cellules n'ont qu'un noyau, mais les cellules à noyaux multiples ne sont pas rares. La substance chromatique y est peu abondante. Quand le noyau est unique, il atteint de fortes dimensions. La forme de ces noyaux est très variable.

Toutes ces cellules s'insinuent entre les fibres musculaires, qu'elles dissocient ; puis elles pénètrent les capillaires et de fines hémorragies se produisent. Les artères, les veines et les lymphatiques sont également perforés, et ainsi s'expliquent les hémorragies et les métastases. A un degré de plus les faisceaux musculaires sont fragmentés, dégénérés et méconnaissables. Avec les caillots et les cellules ils constituent une masse informe. Les vaisseaux sont détruits et à leur place sont des cavités tapissées par les grosses cellules du déciduome rappelant des végétations d'épithélium pavimenteux.

Observation IX

(Löhlein)

(*Résumée*)

B..., quarante-sept ans. A eu six accouchements. En mai 1890, expulsion d'une môle hydatiforme au sixième mois, à la suite de laquelle on fit un curettage. Disparition des règles dans l'été de 1891. Apparition d'hémorragies irrégulières et pertes fétides en février 1892.

Au mois de mai 1892, col ouvert ; dans le canal cervical, masse polypeuse attachée par un pédicule à la partie postérieure de l'utérus. Curettage. Disparition des symptômes. Au microscope, grosses cellules déciduales et petites cellules fusiformes.

Vers la fin de juillet, réapparition de la fièvre et des pertes. En 'août, utérus gros comme une tête d'enfant, col ouvert renfermant des végétations. Nouveau curettage ; puis hystérectomie. Suites opératoires bonnes. En janvier 1893, la malade va bien.

Utérus volumineux. Parois du col saines. A la paroi antérieure de la cavité utérine, surface ulcérée sur 5 centimètres environ. Petits noyaux dans la paroi.

Structure sarcomateuse. Grosses cellules déciduales et extravasats sanguins.

La malade mourut en août 1893, après dyspnées, hémoptysies et signes de pleuro-pneumonie.

Observation X

(KŒTTNITZ)

(*Résumée*)

Femme, vingt-cinq ans. Troisième accouchement le 25 juillet avec délivrance spontanée. Hémorragie pendant le mois suivant.

A l'examen, on constate alors une tumeur du fond de l'utérus ; on l'enlève, et les hémorragies cessent. Elles reparaissent quinze jours après et résistent à l'ergot de seigle et au tamponnement. On trouve deux nodules dans le vagin, puis une tumeur au fond de l'utérus. Extirpation ; tamponnement. Arrêt de l'écoulement, mais fièvre et frissons. Nouveaux nodules dans le vagin ; l'un d'eux se rompt le 5 octobre. Mort le 10 octobre. Le dernier diagnostic fut : polype placentaire destructeur.

Autopsie. — Utérus volumineux renfermant trois nodules. Dans le fond, masse molle, gris sale. Paroi utérine diminuée d'épaisseur.

Structure de la tumeur compliquée. Eléments déciduo-placentaires très nets.

Nodules dans le poumon de même structure.

Observation XI

(KLEIN)

(*Résumée*)

Expulsion d'une môle, le 12 mars 1893, chez une femme ayant déjà eu deux accouchements normaux et un avortement. Fortes hémorragies consécutives. Curettage, tamponnement. Plus d'hémorragies ; mais l'utérus devient volumineux ; rupture d'un hématosalpinx qui se reforme et se rompt de nouveau. Il se décolle une masse dans l'intérieur de l'utérus.

La malade entre alors à l'hôpital. Au toucher, on trouve dans les culs-de-sac droit et postérieur une tumeur grosse comme une petite pomme, bosselée, mais souple. On la sent aussi par le palper abdominal.

Injections vaginales au lysol. Mais bientôt fièvre, frissons apparaissent ; les hémorragies reviennent, et la malade meurt.

A l'autopsie, nodosités dans la plèvre et les poumons. Utérus gros et occupé par une tumeur. Infarctus hémorragiques dans la paroi utérine. De plus, la tumeur qui renferme des noyaux durs est ulcérée.

Au microscope, grosses cellules à gros noyaux, soit isolées, soit en groupes ; cellules plus petites, rondes, à noyau riche en chromatine et protoplasma abondant ; cellules en fuseau, de nature sarcomateuse ; enfin, fibres musculaires lisses, entremêlées de fibres conjonctives.

Observation XII

(Menge)

(*Résumée*)

S..., trente-cinq ans ; expulsion d'une môle à six mois. Ablation à la main de débris placentaires (décembre 1892).

En mai 1893, fortes hémorragies. Curettage.

En juillet, nouvelles hémorragies. Au toucher, sur la paroi antérieure de l'utérus, petite tumeur comme un haricot, qu'on enlève avec la main et la curette. Guérison. Quelque temps après, très forte hémorragie.

A l'examen, le doigt pénètre dans le col, mais non dans le corps. Utérus volumineux. Par un curettage on ramène des masses semblables au placenta. L'utérus redevient petit, et l'hémorragie s'arrête sans amélioration de l'état général.

Les masses retirées offrent des cellules épithélioïdes disposées de différentes façons, et entourant parfois des lacunes et des amas sanguins. Fibres musculaires ; mais pas trace de vaisseaux. Les cellules épithélioïdes ressemblent aux cellules de la caduque.

Hystérectomie vaginale totale. Convalescence longue et pénible.

Trois mois après, on trouve une nouvelle tumeur dans le vagin. On constate, en outre, des hémorragies et des pertes fétides. Mort six mois après l'opération.

A l'autopsie, noyaux dans le poumon, la rate et le foie. Tumeurs volumineuses dans le petit bassin. Utérus volumineux, renfermant une tumeur et de nombreux noyaux dans le corps. Leur structure est semblable à celle des masses retirées par curettage. Nombreuses tumeurs dans les parois vaginales.

Observation XIII

(PAVIOT)

(*Résumée*)

C..., quarante-huit ans. Pas d'accouchements, ni d'avortements antérieurs. Depuis treize ans, fortes pertes hémorragiques. Très grande anémie et état cachectique très prononcé. Pas d'appétit ; par moments vomissements.

Au toucher, col intact, utérus volumineux. Tumeur sortant du petit bassin et affleurant le bord supérieur des branches horizontales du pubis.

Dans la paroi abdominale, petits noyaux durs.

On pense à un fibro-myome du corps, devenu malin.

Quelques jours après, vomissements incoercibles, ictère ; amaigrissement et cachexie font des progrès rapides ; pas d'ascite. Mort vingt jours après l'entrée à l'hôpital.

AUTOPSIE. — L'utérus n'est plus qu'une masse occupant tout le petit bassin. L'utérus et la tumeur ont ensemble le volume d'une tête de fœtus.

La tumeur est constituée de deux parties, l'une supérieure, entièrement cancéreuse, l'autre présentant un aspect aréolaire et constituée par des cavités nombreuses, de dimensions très variables et renfermant une bouillie blanche.

Dans la paroi abdominale, noyaux péritonéaux. Ganglions mésentériques et prévertébraux envahis. Noyaux dans le foie, le poumon droit, le cœur et les reins.

Examen histologique. — Dans la partie cancéreuse de la tumeur, le muscle utérin a presque totalement disparu. Grosses cellules à un ou deux noyaux volumineux, à protoplasma granuleux, de volume inégal, de formes diverses et plongées dans un réticulum à mailles sans orientation. En certains endroits, il n'y a pas trace de fibres lisses ; en d'autres, on en retrouve des vestiges. Par places, le stroma conjonctif a pris une place prépondérante. Dans les points où l'on retrouve des vaisseaux, on leur distingue encore une paroi propre assez marquée, mais autour d'eux il n'est pas rare de voir des suffusions sanguines s'étendant assez bien, et les plaques hémorragiques interstitielles sont en somme assez fréquentes.

Nous ne nous occuperons pas de l'autre partie de la tumeur, Paviot la considérant comme un adénome.

Observation XIV

(Hartmann et Toupet)

(*Résumée*)

Femme, vingt-cinq ans. Un accouchement, il y a dix-huit mois. Les règles avaient reparu normales pendant six mois. Elles manquent pendant trois mois, puis forte métrorrhagie pendant huit jours, qui ne disparaît pas complètement, et suivie de beaucoup d'autres trois mois après.

Entrée à l'hôpital. Fièvre, hémorragies. On retire des débris placentaires. Mais les hémorragies reprennent sans pouvoir être arrêtées. On constate que le corps de l'utérus est augmenté de volume et qu'à gauche de lui existe une tumeur arrondie et dure. On pense à un déciduome malin, bien que les parties curettées n'aient pas été examinées. On se prépare à l'extirpation de l'utérus, mais la malade meurt, malgré de très grands soins, pendant la nuit, à la suite d'hémorragie prolongée et de plusieurs syncopes.

Autopsie. — Utérus et annexes purent être seuls examinés. Utérus volumineux présentant deux bosselures d'un tissu gris blanchâtre, pulpeux. Dans le fond de l'utérus, masse noirâtre, ressemblant à un débris de placenta.

Examen histologique. — Le noyau néoplasique semble formé par l'adjonction de végétations arborescentes, à pédicule mince, s'élargissant ensuite, s'allongeant et se contournant plus ou moins. Chacune de ces végétations est constituée par un vaisseau central ; la portion contiguë au vaisseau est formée par des éléments conjonctifs assez volumineux. Pas de fibrilles conjonctives entre ces éléments embryonnaires ; la matière qui les sépare est une matière amorphe, granuleuse. A la périphérie des villosités, on retrouve le plus souvent une membrane continue et renfermant de 20 à 25 noyaux sans délimitation de cellules. De cette membrane partent des végétations secondaires sous forme de masses protoplasmiques à plusieurs noyaux, arrondies en massue ou allongées et effilées.

Quand ces expansions ont acquis un certain volume, on les voit se creuser une cavité vasculaire ; puis la membrane périphérique se condense, s'aplatit, et les éléments embryonnaires s'interposent entre elle et le vaisseau dont la paroi est toujours très mince.

Quand la section passe par l'extrémité d'une des expansions protoplasmiques en forme de massue, on comprend facilement comment il se fait que l'on trouve une immense cellule géante à forme arrondie contenant quarante ou cinquante noyaux.

Nulle part à la surface de ces villosités on ne retrouve l'épithélium cylindrique à cils vibratiles de la muqueuse utérine normale.

L'envahissement semble se faire par les vaisseaux. On voit, en effet, des villosités allongées occuper la lumière des vaisseaux.

La nature de cette tumeur n'est pas douteuse ; il s'agit d'une tumeur à tissu placentaire à qui le nom de déciduome malin convient très bien.

Observation XV

(Frænkel)

(Résumée)

Femme, vingt-cinq ans. Expulsion d'une môle en juillet 1892. Extraction manuelle de débris vésiculaires, à la suite de laquelle hémorragie arrêtée par injections et tamponnement. Phlébite et périphlébite consécutives du membre inférieur droit.

En 1894, la femme se plaint de douleurs vives et d'hémorragies existant depuis une quinzaine de jours. Rien ne la calme. Laparotomie. On voit trois tumeurs, une dans chaque ovaire, l'autre dans l'utérus.

Quelques jours après, il se formait des métastases, les hémorragies reprenaient et la malade mourait.

Pour l'auteur, la tumeur a son origine dans l'épithélium des villosités choriales, car on lui trouve les caractères de cet épithélium en voie de prolifération : cellules non délimitées, noyaux riches en chromatine, vacuoles nombreuses, hémorragies répétées, disposition trabéculaire et rétiforme, enfin substitution des cellules de la tumeur aux parois normales des vaisseaux.

C'est donc un carcinome provenant de l'épithélium des villosités choriales.

Observation XVI

(JEANNEL)

Femme de vingt-six ans, très bien réglée, lorsqu'en janvier 1893, elle eut un retard de quinze jours qui se termina par une hémorragie profuse ayant nécessité le tamponnement. Le médecin traitant crut à à une fausse couche. La menstruation se rétablit et resta régulière jusqu'en mars 1893. Alors survinrent de nouvelles hémorragies qui ne cessèrent plus jusqu'au jour de l'entrée à l'hôpital, le 1er mai 1894.

Ces hémorragies mirent la malade dans un état d'anémie profonde que Jeannel constate dès sa première visite. Du reste, aucun autre trouble fonctionnel. Par le palper, tumeur antérieure mobile, dépassant le pubis, ayant toutes les apparences et les caractères d'un fibrome trilobé. Au toucher, col de nullipare ferme et fermé ; corps utérin gros comme une tête de fœtus en rétroflexion dans le cul-de-sac postérieur. Tous les viscères sont sains. L'examen des urines reste négatif.

Diagnostic. — Fibrome utérin hémorragique.

Hystérectomie vaginale le 5 mai, incidentée par la difficulté de saisir au moyen des pinces le corps utérin ramolli, désorganisé par le néoplasme ; elle put cependant être terminée en un quart d'heure. L'opérée guérit simplement.

La tumeur, examinée par le docteur Dannie, présente tous les caractères macroscopiques du déciduome malin.

C'était une masse pulpeuse hémorragique développée et infiltrée

sous forme de noyaux dans le parenchyme utérin, des taches ecchy-
motiques le long des vaisseaux, une destruction du parenchyme, une
délitescence de néoplasme creusant une cavité et préparant la perforation. C'était aussi au milieu des foyers hémorragiques, comme élé-
ment histologique fondamental et même unique, la cellule déciduale
avec toutes ses qualités et ses variétés, identique à la cellule de la
caduque utérine et de la sérotine.

Mais en aucun point on ne trouve trace de stroma conjonctif ser-
vant de charpente aux cellules déciduales ; là où il existe des caillots,
on constate l'existence d'un réseau fibrineux ; ailleurs, les fibres
lisses dissociées semblent former comme des alvéoles mais nulle
part il n'y a de trames conjonctives.

Observation XVII

(Tannen)

(Résumée)

Femme, vingt-trois ans. Un accouchement normal, un avortement
et, enfin, une troisième grossesse terminée par l'expulsion d'une
môle en 1893. Hémorragie consécutive de trois semaines.

En janvier 1894, hémorragies. Anémie ; utérus gros et en rétroversion ; le doigt pénètre dans le col, mais non dans le corps. Curettage
et tamponnement.

Bientôt reparurent les pertes de sang avec mauvaise odeur et la
fièvre. Utérus remis en bonne position par un pessaire.

24 mai, nouveau curettage. Mais arrivent des vomissements et de
la fièvre, et l'hémorragie persiste.

En face de la marche rapide, nouveau curettage. L'examen microscopique donne des cellules déciduales volumineuses, extravasats sanguins et fibrine. A côté se trouvaient des cellules isolées qui paraissaient être une transition entre les cellules déciduales et les cellules
rondes. Des cellules déciduales se trouvaient entre les fibres musculaires.

30 juin.— Hystérectomie. Le lendemain, la fièvre, les vomissements,
les douleurs cessèrent définitivement. La malade se remit rapidement
et fut guérie. Neuf mois après la santé était encore excellente.

Examen de la tumeur. — La tumeur, placée au fond de l'utérus, avait une couleur comme l'intérieur d'une orange. Au microscope on trouva de grosses cellules déciduales, de formes différentes, depuis la forme en fuseau jusqu'à la cellule géante très granuleuse.

Observation XVIII

(MARCHAND)

(*Résumée*)

Femme, trente-quatre ans. A eu huit accouchements. Le neuvième, normal, en novembre 1893. Hémorragies trois semaines après, qui reparaissent en avril 1894. On retire de l'utérus des masses charnues, mais les hémorragies reparaissent.

20 avril. — Utérus volumineux en rétroversion, renfermant dans le fond une tumeur molle du volume d'une pomme. Perforation de l'utérus par une sonde en voulant le redresser.

Hystérectomie vaginale totale. Guérison ; en octobre 1894, santé excellente. Cicatrice vaginale en bon état. Pas de tumeur dans le ventre.

Examen de la tumeur. — Il y a deux sortes d'éléments, les uns provenant du syncytium, les autres de la couche ectodermique des villosités choriales.

Les premiers comprennent de grosses cellules à noyau volumineux riche en chromatine, des masses protoplasmiques multinucléaires et un tissu trabéculaire et rétiforme renfermant des vaisseaux.

Les autres sont des cellules claires, polyédriques, de différent volume.

On ne rencontre pas de vraies cellules déciduales, ni de tissu conjonctif.

Observation XIX

(KUPPENHEIM)

(*Résumée*)

Femme, trente-trois ans, cinq accouchements. Le dernier à sept mois. Trois semaines après, hémorragie. On retire de l'utérus des masses semblables à des débris placentaires bien que l'on eût cru la délivrance complète.

Quelques jours après, retour des hémorragies. Curettage et tamponnement. Mais peu après les hémorragies recommencent encore. On trouve alors, près de deux mois après l'accouchement, un utérus augmenté de volume, un col laissant facilement passer le doigt. Au fond de l'utérus une tumeur. Curettage qui ramène des débris. Dans le fond à gauche on sent comme une effraction du muscle.

Hystérectomie vaginale totale. Guérison. Huit mois après la malade continue à se bien porter.

L'examen histologique montra tous les éléments d'un sarcome déciduo-cellulaire.

Observation XX

(Bacon)

(*Résumée*)

Femme, quarante-huit ans. Toujours bien réglée. Huit accouchements et deux avortements. En décembre 1892, expulsion d'une môle au neuvième mois. Cinq semaines après, forte hémorragie arrêtée par le tamponnement. Entre à l'hôpital le 13 juin 1893.

Examen. — Utérus très grand et mou renfermant une masse molle. Curettage qui ramène des débris placentaires.

Des phénomènes pulmonaires se présentent : expectoration sanguinolente, frottements pleuraux, râles humides. Toux et fièvre. Pouls fréquent. Respiration rapide.

Les ganglions de l'aine sont pris. Forte anémie. Cachexie. Mort le 26 juin.

Autopsie. — Liquide dans la plèvre. Nodules dans les poumons et la plèvre. Cœur normal. Liquide purulent dans le péritoine.

Utérus a 13 centimètres de long. Au milieu de la paroi postérieure, tumeur ronde, molle. Au-dessus de la tumeur, paroi épaissie et portant des excroissances. Ailleurs, la muqueuse paraît saine. Dans le ligament large droit se trouve une masse ronde, composée de plusieurs petites tumeurs hémorragiques. Il y en a également le long du bord droit de l'utérus.

Examen microscopique. — La tumeur est myomateuse. La partie de la paroi épaissie peut être divisée en trois parties : nécrotique, néoplasique et externe, celle-ci formée par du tissu musculaire normal.

La zone nécrotique n'est pas nettement séparée de la suivante ; elles se pénètrent. On trouve des zones diffuses d'épanchements hémorragiques, mais pas de glandes ni trace de membrane muqueuse.

La zone néoplasique est formée de tissu musculaire pénétré par des cellules néoplasiques. Ces cellules sont volumineuses, de grandeurs différentes ; noyau volumineux et fortement coloré. Elles peuvent être isolées ou groupées.

Les vaisseaux sont pénétrés par ces cellules.

A part ces cellules il existe un nid d'autres cellules toutes différentes ; elles sont rondes, ovales ou fusiformes. Le noyau, assez gros, n'est pas si coloré que dans les grosses cellules. Il semble cependant que ces cellules proviennent des cellules néoplasiques et diffèrent seulement de leurs propriétés parce qu'elles peuvent croître librement dans des cavités ou des canaux vasculaires.

On n'a jamais pu trouver trace de villosités.

Les vaisseaux sont oblitérés par des cellules qui vont former des métastases qui ont la même structure que la tumeur.

Observation XXI

(Segond, publiée par Cazin)

(Résumée)

Femme trente-huit ans. Deux accouchement normaux en 1884 et 1887. En 1892, expulsion d'une môle hydatiforme. Fortes hémorragies. Entre à la Salpêtrière. Utérus volumineux. On pense à une rétention de débris placentaires et on fait un curettage. Malgré la persistance des hémorragies la malade quitte le service.

Bientôt, vives douleurs dans le ventre, et, au mois d'août 1893, symptômes péritonéaux.

A ce moment, on trouve un utérus gros, mobile. Masse assez volumineuse correspondant aux annexes du côté droit. Col laissant passer le doigt. Diagnostic : sarcome du corps utérin.

Hystérectomie vaginale totale. Guérison maintenue vingt-trois mois après l'opération.

Examen de la pièce. — Utérus augmenté de volume. Parois d'épaisseur normale, mais érodées par place. Sur la paroi postérieure s'implante une tumeur molle, fongueuse. Ovaire droit kystique et sarcomateux.

3

Examen histologique. — A la surface libre de la tumeur, coagulum sanguin dans lequel on trouve des globules rouges et des cellules ayant l'aspect de cellules déciduales. Ce coagulum sanguin repose sur des tissus nécrosés renfermant également des globules rouges et de grosses cellules. Il n'y a pas trace de muqueuse utérine.

Après cette zone de nécrose, vient la couche néoplasique poussant des bourgeons vers la périphérie. Elle renferme deux sortes de cellules. Les unes, plus nombreuses, sont les cellules rondes des sarcomes ordinaires. Les autres sont des cellules géantes rappelant les cellules de la caduque. A certains endroits, la pression leur fait prendre une forme polygonale et ces parties de la tumeur font penser à un épithélioma pavimenteux. Ailleurs, au contraire, elles forment des groupes composés d'un petit nombre d'individus disposés souvent en traînées linéaires comme dans le carcinome.

Nulle part trace de vaisseaux sanguins avec parois normales.

III

ÉTIOLOGIE ET PATHOGÉNIE

Comme on peut le voir en parcourant cette série d'observations, le déciduome malin est toujours venu après une grossesse.

Dans certains cas, ceux de Pfeiffer et Löhlein, la grossesse remonte loin ; huit mois dans le premier, près de deux ans dans le second, se sont écoulés entre l'accouchement et l'apparition des premières hémorragies.

Jeannel ne parle pas d'accouchement, et Paviot, dans son observation, relate l'absence de tout accouchement ou avortement antérieur.

Mais tous ces cas s'expliquent si l'on admet, comme Pfeiffer pour le sien, qu'un avortement peut avoir passé inaperçu.

Paviot, qui a trouvé une tumeur composée de deux parties, un adénome et un déciduome, dit à ce sujet : « Il est bien permis de supposer que la femme a pu commencer une grossesse qui s'est terminée par un avortement, précisément à cause de l'adénome préexistant, avortement qui a pu facilement passer inaperçu chez une femme qui, depuis treize ans, n'a pas cessé de présenter des ménorrhagies et métrorrhagies abondantes. »

Veit a prétendu que, peut-être, la tumeur existe avant la grossesse. Mais aucun cas de déciduome n'a été signalé en dehors de tout état puerpéral. De plus, aucune femme n'a présenté, avant sa grossesse, les symptômes de ce néoplasme. Enfin, ce qui fait surtout rejeter cette opinion, c'est la structure même de la tumeur qui proviendrait de l'épithélium des villosités choriales et par conséquent d'un tissu spécial à la grossesse.

Mais à quel moment commence à se développer la tumeur ? Dans le cas de Maïer elle marchait avec la grossesse. Le plus souvent elle apparaît quelque temps après l'accouchement. Il est bien difficile de dire le moment précis où elle commence, puisqu'elle n'est signalée que par les hémorragies et que celles-ci arrivent lorsque la tumeur est en pleine évolution.

Quant à l'origine, Sänger l'attribue à l'infection. On croit, au contraire, aujourd'hui, que l'infection provient de la tumeur.

Trois autres opinions ont été successivement admises.

L'une veut que le déciduome malin, comme son nom l'indique, provienne uniquement du tissu décidual, c'est-à-dire de la caduque, et par conséquent ait un point de départ maternel.

La deuxième, établie par Gottschalk, veut que toujours l'affection débute dans les villosités choriales et ne se propage qu'ensuite à la caduque. La tumeur serait donc fœtale et ne deviendrait maternelle que secondairement.

Hartmann et Toupet partagent cet avis.

Dans ces deux premiers cas la tumeur serait de nature conjonctive.

Enfin la troisième, représentée par Fränkel, Marchand, Ruge et tout récemment Durante, fait dériver le néoplasme uniquement de la couche épithéliale qui revêt les villosités. Ce serait donc une tumeur épithéliale.

Les partisans de la première théorie s'appuient, avec Nové-Josserand et Lacroix, sur ce fait que la tumeur renferme de grosses cellules semblables exactement aux cellules de la caduque et qu'ils n'ont jamais trouvé de villosités choriales.

Gottschalk, lui, soutient que la tumeur s'insère toujours au niveau du placenta, et de plus, il attire l'attention sur la

coïncidence fréquente du néoplasme avec la môle hydatiforme.

En effet, dans la majorité des cas, il y a eu expulsion d'une
môle. Les villosités sont donc primitivement atteintes et on
doit les retrouver à l'examen microscopique. Si on ne les voit
pas toujours, c'est qu'elles ont été emportées par les hémorragies, ou bien elles passent inaperçues parce qu'elles sont
altérées.

Hartmann et Toupet font également un rapprochement de
la môle hydatiforme avec le déciduome malin. La première
est un myxome, le second un sarcome des villosités.

Il y a donc là une question d'origine très importante. La
tumeur provient-elle de la caduque ou du placenta par altération des villosités ? Est-elle maternelle ou fœtale ?

Si certains auteurs, Gottschalk, Kœttnitz, Hartmann et
Toupet ont trouvé des villosités à l'examen histologique,
d'autres, malgré leurs recherchees et toutes les garanties,
n'ont pu en trouver trace, même dans des cas où il y avait eu
expulsion de môle et où par conséquent l'altération des villosités n'étaient pas douteuse. Parmi eux il faut citer Sänger,
Nové-Josserand et Lacroix, Jeannel, Bacon et Segond. Dans
les deux observations nouvelles que nous rapportons, on n'a
pas non plus trouvé de villosités, et dans la première il y
avait eu une môle.

Ne pourrait-on pas penser alors que l'on se trouve en présence de deux tumeurs bien différentes ? L'une proviendrait
de la caduque, l'autre des villosités choriales.

Avec Gottschalk, nous admettons que la tumeur soit toujours fixée au niveau du placenta. En effet, on la signale toujours dans le fond et toujours un peu d'un côté ou de l'autre,
en avant ou en arrière, c'est-à-dire dans l'endroit où s'insère
le plus souvent le placenta. De plus, dans les cas où les hémorragies ont commencé peu de jours après l'accouchement,

et où on a pu pratiquer de bonne heure le toucher, on n'a pas signalé de surface rugueuse représentant l'ancienne place du placenta. La muqueuse est lisse partout, sauf près de la tumeur.

Enfin Nové-Josserand dit : « Il est naturel de penser que la sérotine, au niveau de laquelle le tissu décidual est le siège d'un remaniement plus complet et d'une vascularisation plus riche que partout ailleurs, doit présenter les conditions les plus favorables au développement d'une tumeur, et surtout d'une tumeur vasculaire comme le déciduome. »

Avec Gottschalk encore nous croyons que la tumeur a son point d'origine dans les villosités. Mais, au contraire de lui, nous ne croyons pas que la villosité entière participe à sa formation. L'épithélium seul des villosités est atteint, et il n'y a pas propagation à la caduque.

En effet, d'après les partisans de la troisième théorie, les éléments constitutifs de la tumeur que l'on croyait provenir de la caduque se retrouvent identiques dans l'épithélium des villosités. Quant aux villosités que l'on a vu dans les préparations, ce serait des bourgeonnements de cet épithélium qui prendraient la forme villeuse.

Le néoplasme dont il s'agit proviendrait donc d'une altération de l'épithélium des villosités. Voilà pourquoi il succède si souvent aux môles ; dans ce cas, les villosités étant déjà altérées, l'épithélium peut facilement proliférer et donner naissance à une tumeur. Mais la même tumeur peut se trouver avec les mêmes caractères, sans qu'il y ait eu une môle antérieure.

IV

ANATOMIE PATHOLOGIQUE

Tous les auteurs sont d'accord pour reconnaître, comme caractéristique du déciduome malin, de grosses cellules que l'on a retrouvées dans tous les cas. Ces cellules, semblables aux cellules de Friedländer, et que l'on croyait provenir d'elles, présentent des dimensions énormes et des formes variées. Le protoplasma est granuleux ; le noyau, volumineux, se colore fortement. Quelques-unes n'ont qu'un noyau, d'autres en ont plusieurs. Elles peuvent se présenter seules ou groupées par îlots. Seules, elles s'insinuent entre les fibres musculaires de l'utérus ; en nombre, elles se tassent, deviennent polygonales et on ne peut douter alors avoir sous les yeux du tissu épithélial. Ces cellules entourent également les vaisseaux, les pénètrent, et sont ainsi la cause d'hémorragies. Artères, veines, lymphatiques, tout est pris, et ainsi s'expliquent les métastases.

A côté de ces cellules s'en trouvent d'autres moins importantes, plus petites, arrondies ou polygonales, à protoplasma et noyau faiblement colorés par les réactifs.

Quant aux villosités et aux cellules du tissu conjonctif, les uns prétendent en avoir trouvé, les autres non.

Il importe maintenant de rechercher l'origine et la nature des cellules caractéristiques de la tumeur.

La plupart ont prétendu qu'elles provenaient d'une prolifération de la caduque à cause de leur ressemblance avec les éléments de cette membrane. Pfeiffer ne voit en elles qu'une transformation des cellules du tissu conjonctif. D'autres, enfin, ont dit qu'elles dérivaient de l'endothélium vasculaire.

Mais, comme nous l'avons déjà dit en recherchant l'étiologie de ces tumeurs, certains auteurs ont montré la présence d'éléments tout à fait semblables dans la couche épithéliale des villosités.

Cette opinion prévaut aujourd'hui, et avec raison, puisque nous avons vu que la tumeur s'insère toujours au niveau du placenta et que la caduque n'entre pour rien dans sa formation.

D'ailleurs, Nové-Josserand, tout en admettant l'origine déciduale de ces cellules, dit : « Par quelques points de détail, les cellules géantes du déciduome malin diffèrent des éléments normaux de la caduque. Ce n'est point par le volume de ces cellules ni par la forme de leurs contours protoplasmiques, mais plutôt par la diversité des formes nucléaires. Les cellules géantes de la caduque renferment un ou plusieurs noyaux ; dans le cas de noyau unique, on ne rencontre jamais de masses nucléaires aussi volumineuses et aussi riches en substance chromatique ; dans le cas de noyaux multiples, le nombre de ces noyaux est beaucoup plus considérable dans les cellules géantes de la caduque que dans celle du déciduome. »

Cependant Nové-Josserand croit que ce sont les mêmes cellules ; mais, « dans le premier cas, les éléments cellulaires propres de la caduque ont acquis leur type définitif adulte : la masse générale du tissu de la caduque ne doit subir qu'une augmentation lente, progressive et limitée. Dans le déciduome malin, ces mêmes cellules ont subi une incitation formative, les phénomènes d'activité nucléaire sont exaltés au plus haut degré. »

Il n'en est pas moins vrai qus nous devons tenir compte des défauts de ressemblance existant entre ces deux genres de cellules, et c'est une raison de plus pour croire que les unes ne proviennent pas des autres, et que, dans la stucture de notre néoplasme, on ne trouve pas de vraies cellules de la caduque.

Et les villosités? Ici nous cédons la parole à Gottschalk, qui les a signalées le premier (traduction de Labusquière dans les *Annales de gynécologie*, 1894): « Les caractères si spéciaux de l'épithélium des villosités sont tellement nets qu'ils suffiraient à affirmer la nature villeuse de ces tissus, si cela était nécessaire ; mais il est loin d'en être ainsi du stroma, si profondément modifié, qu'on peut à peine lui retrouver une analogie avec le stroma des villosités normales. De la substance volumineuse qui le caractérise si bien, plus de vestiges. A sa place, des cellules homogènes, volumineuses, pressées les unes contre les autres, sans aucune substance intermédiaire ; cellules qui n'ont rien de commun avec les cellules normales du stroma..... En certains points, le stroma paraît proliférer, bourgeonner isolément ; mais, en réalité, l'épithélium s'est détaché et souvent son développement précède celui du stroma. D'une manière générale, l'épithélium, en comparaison du stroma, possède une forme d'accroissement beaucoup plus grande, en sorte qu'assez régulièrement, dans les nodules de la tumeur, on trouve des points de prolifération épithéliale isolée. »

Que devons-nous penser de ces villosités si difficiles à reconnaître, et de cette tumeur sarcomateuse dont le stroma semble être bien inoffensif, tandis que l'épithélium possède tous les attributs malins?

Quant aux cellules du tissu conjonctif, beaucoup font la remarque qu'ils n'en ont pas trouvé. Étant donnée la diversité de formes que l'on rencontre dans les cellules du néoplasme, on peut avoir pris pour telles des cellules épithéliales suffisamment déformées.

Nous sommes donc bien en présence de cellules épithéliales. D'ailleurs, beaucoup d'auteurs parmi ceux qui croient à la nature conjonctive de la tumeur, reconnaissent qu'en certains endroits les cellules ont des caractères différents et sont alors épithélioïdes. De plus, elles prennent parfois des dispositions particulières, et on croit alors avoir sous les yeux de l'épithélioma ou du carcinome. Quelques lignes plus haut nous avons rapporté les paroles de Gottshalk : « On trouve des points de prolifération épithéliale isolée. » Tous ces faits prouvent bien que les partisans du sarcome ont pensé à la nature épithéliale de la tumeur.

Les cellules épithéliales proviennent de l'épithélium des villosités. Mais cet épithélium est-il d'origine maternelle ou d'origine fœtale? Frænkel tient pour la première opinion. Marchand, Kossmann, Williams et Ruge croient que le syncytium est d'origine maternelle et donne naissance aux cellules typiques de la tumeur, tandis que les autres cellules proviendraient de la couche cellulaire de Langhans située au-dessous du syncytium et qui, elle, est d'origine fœtale. La tumeur aurait donc une origine mixte.

D'après les travaux les plus récents, faits par Durante, ce néoplasme est formé par des masses de protoplasma de formes diverses, renfermant plusieurs noyaux se colorant facilement et n'ayant pas de membrane d'enveloppe. On trouve aussi d'autres cellules, plus petites, claires, à un seul noyau. Tandis que les premières dériveraient de l'ectoderme et seraient caractéristiques de la tumeur, les autres proviendraient du mésoderme, mais ne seraient pas constantes et ne suffiraient pas à changer la nature de la tumeur.

Les vaisseaux manquent, car ils sont envahis par les cellules qui se substituent à leurs parois et forment ainsi de véritables lacs sanguins. Ainsi s'expliquent les hémorragies et les métastases.

Il n'y a pas de tissu conjonctif. Ce que l'on a pris pour des villosités ne serait autre chose que les différentes formes de bourgeonnement des masses de protoplasma qui sont la caractéristique du déciduome.

Enfin Duval a montré que le syncytium est tout d'origine fœtale. A l'état normal, les masses de protoplasma de l'ectoderme fœtal pénètrent les tissus maternels, détruisent les parois des vaisseaux et constituent ainsi les lacs sanguins du placenta. Il peut donc se produire une prolifération beaucoup plus active et on voit se former le déciduome malin. Ce déciduome pourra même se former après l'expulsion du fœtus, s'il est resté dans l'utérus des débris de placenta renfermant du syncytium et si les cellules de ce syncytium sont assez vivaces pour se greffer sur les parois dénudées de l'utérus.

Les métastases se font par voie sanguine. On les rencontre le plus souvent dans les poumons. Elles sont de même nature que la tumeur.

V

SYMPTOMATOLOGIE

Quelle que soit l'idée qu'on se soit faite de la nature du déciduome malin, les symptômes sont toujours les mêmes, et c'est ce qui a permis de rapprocher des tumeurs paraissant si différentes au point de vue histologique. Mais, comme nous venons de le montrer, cette différence de structure n'est qu'apparente. Dans les cas connus on a toujours trouvé les mêmes éléments ; l'interprétation seule n'a pas été la même.

Ce qui attire tout d'abord l'attention de la femme c'est l'hémorragie. Peu après un accouchement ou un avortement ou l'expulsion d'une môle, il se produit de fortes pertes. Dans les cas où un long intervalle de temps s'est écoulé entre la délivrance et l'apparition des hémorragies, nous avons vu que les auteurs supposaient un avortement qui aurait passé inaperçu.

Ces hémorragies ont des caractères spéciaux et ne ressemblent pas aux hémorragies des autres tumeurs de l'utérus. Elles sont d'abord beaucoup plus abondantes et par conséquent beaucoup plus graves. Elles sont toujours accompagnées de caillots volumineux, se font par poussées successives, se reproduisent après un certain nombre de jours, et, dans l'intervalle, ne cessent jamais bien complétement. Il existe toujours un léger suintement.

De plus, il est très difficile, pour ne pas dire impossible de les arrêter tout à fait. Les irrigations d'eau chaude, les hémostatiques ordinaires (ergotine, hydrastis), les caustiques (chlorure de zinc à un dixième), les tamponnements, les curettages, rien n'y fait. Elles cessent bien pendant quelques jours, mais, peu de temps après, elles ne tardent pas à reparaître.

Dans quelques observations, on signale, jointes aux hémorragies, des pertes roussâtres, couleur jus de fumier, et de très mauvaise odeur.

On comprend, par ces hémorragies répétées, l'état profond d'anémie dans lequel les malades ne tardent pas à être plongées. Elles deviennent rapidement pâles, exsangues, perdent tout appétit, maigrissent d'une façon remarquable et sentent leurs forces diminuer de jour en jour.

Certaines se plaignent de douleurs pelviennes constantes, d'autres seulement quand elles expulsent des caillots; quelques-unes enfin n'en ont pas du tout.

Sous l'influence des métastases, plusieurs viscères sont atteints, principalement les poumons. Les phénomènes respiratoires (toux, dyspnée, expectoration) qui se produisent alors peuvent en imposer à un examen superficiel pour de la tuberculose, surtout si l'on tient compte de la fièvre qui ne tarde pas à se montrer. Mais, à l'examen des poumons, on ne trouve pas les signes physiques qui caractérisent cette affection.

Tous ces symptômes entrant en jeu, les malades ne tardent pas à être atteintes de cachexie, et marchent ainsi vers une issue fatale, si un traitement radical ne vient les en détourner au plus tôt.

Lorsqu'on pratique l'examen de l'utérus, on trouve généralement le col un peu gros, ferme, résistant et largement ouvert. Quelquefois, cependant, il est fermé et on est obligé de faire la dilatation avant de pouvoir examiner le corps.

Celui-ci est très augmenté de volume. Le doigt, introduit

à l'intérieur, y sent des masses molles et friables que l'on arrache facilement et qui arrivent mêlées à des caillots noirs.

Gottschalk a attiré l'attention sur un fait très important. Il arrive parfois que le doigt introduit dans l'utérus sente la paroi céder sous lui et que l'on ait l'impression de perforer l'utérus, mais cela en un point très limité, près du point d'implantation de la tumeur. Veit et Schmorl ont prétendu que ce symptôme pouvait se rencontrer après les avortements. Mais, comme le fait remarquer Nové-Josserand, dans ce cas le phénomène se produit sur toute la surface de l'utérus. Il existe donc là un processus malin tendant à détruire le muscle utérin et à le perforer.

VI

MARCHE ET TERMINAISON

Le déciduome malin a une marche très rapide et qui mène fatalement à la mort, si un traitement énergique n'est pas institué de bonne heure.

Les premiers cas signalés étaient presque tous suivis de mort. A mesure que l'on connaît mieux la maladie, on intervient beaucoup plus vite, et quelques femmes ont pu être sauvées.

Si l'on n'intervient pas, ou si l'on intervient trop tard, la malade meurt par hémorragie, par infection, ou par généralisation.

VII

DIAGNOSTIC

Le diagnostic repose sur les symptômes que nous avons énumérés.

Nous avons vu que les hémorragies présentent des caractères spéciaux : abondance, gros caillots, ténacité, qui ne permettent pas de les confondre avec celles de toute autre affection de l'utérus. On tiendra compte également de ce qu'elles se produisent après un accouchement, un avortement, ou très souvent après l'expulsion d'une môle hydatiforme.

Par le toucher intra-utérin, on vérifiera s'il n'existe pas de débris placentaires. Dès lors, le doigt introduit sentira une tumeur très molle et bien différente des autres tumeurs de l'utérus, épithéliomas ou sarcomes, qui sont bien plus fermes et plus étendues.

On pensera aussi à ce signe que nous avons signalé plus haut, à savoir que la paroi utérine est très ramollie et cède facilement sous le doigt. L'attention sera également attirée par les métastases.

Nous savons comment les hémorragies sont tenaces et résistent au curettage. Si, après cette opération, elles persistent et si la tumeur récidive, on sera en droit de penser à sa malignité, surtout en voyant la marche rapide vers la cachexie.

Cependant, alors même qu'on aura reconnu tous ces symptômes, on ne sera pas encore bien sûr de son diagnostic. Une seule chose permettra d'affirmer que l'on se trouve en présence d'un déciduome malin, c'est l'examen microscopique. Il faudra donc examiner avec soin les fragments retirés de l'utérus par le curettage ou simplement par le doigt. On reconnaîtra alors les éléments caractéristiques de ce néoplasme, que nous avons signalés en faisant l'anatomie pathologique, et la structure particulière à cette tumeur confirmera les symptômes et on pourra porter en toute sûreté le diagnostic de déciduome malin.

4

VIII

TRAITEMENT

En présence d'une affection que rien ne peut modifier, pas même le curettage, et qui marche avec une rapidité effrayante, il n'y a pas à hésiter, le seul traitement efficace c'est l'hystérectomie vaginale totale avec ablation des annexes. Les cas où on a pu mentionner le succès en sont redevables à cette opération. On voit alors les symptômes disparaître rapidement. La cachexie diminue, la femme reprend ses forces peu à peu et les métastases se fondent.

Mais il faut bien reconnaître que cette opération n'arrive pas toujours à mettre la femme hors de danger. Dans certaines des observations que nous avons rapportées, et où l'opération avait été faite, si la malade s'est trouvée soulagée et paraissait même guérie pendant sept ou huit mois, elle mourait au bout de ce temps par généralisation et cachexie. C'est ce qui est arrivé dans la première observation de M. Tédenat.

CONCLUSIONS

I.— La tumeur désignée sous le nom de déciduome malin existe avec des caractères bien distincts des autres tumeurs de l'utérus.

II.— C'est un épithélioma des villosités placentaires et non de la caduque ou de la villosité entière.

III.— La môle hydatiforme favorise son évolution par affection existant déjà des villosités.

IV.— Sa marche rapide et sa terminaison fatale en font une affection redoutable qu'il importe de reconnaître au plus tôt pour intervenir.

V.— La seule opération est l'hystérectomie vaginale totale avec ablation des annexes.

BIBLIOGRAPHIE

ACZEL. — Ueber einen Fall von decidualer Geschwulst (Monatschr. f. Geb. und Gyn., mai 1896).

AHLFELD. — Ein Fall von Sarcoma uteri-deciduo-cellulare bei Tuben-swangerschaft (Monatschr. f. Geb. und Gyn., mars 1895).

APFELSTEDT et ASCHOFF. — Ueber bösartigen Tumoren der Chorion-zotten (Arch. f. Gyn., L).

BACON. — A case of deciduoma malignum (The american journal of Obstetrics, mai 1895).

BEACH. — Du déciduome malin (Thèse Paris, 1894).

BELLIN. — Contribution à l'étude des rapports de la môle hydatiforme et du déciduome malin (Thèse Paris, 1896).

CAZIN. — Des déciduomes malins (La Gynécologie, 1896).

CHIARI. — Ueber drei Fälle von primären Carcinom im Fundus und Corpus des Uterus (Wiener med. Jahrb., 1877).

DURANTE. — Du déciduome malin ou épithélioma ecto-placentaire (Revue médicale de la Suisse romande, nov. 1896).

FRANQUÉ. — Ueber eine bösartige Geschwulst des Chorion nebst Be-merkungen zur Anatomie der Blasenmole (Zeitschr. f. Geb. und Gyn., XXXIV).

FRÆNKEL. — Das von dem Epithel der Chorionzotten ausgehende Carcinom des Uterus (nach Blasemole) (Arch. f. Gyn., XLVIII).

— Die Histologie der Blasenmolen und ihre Bezichungen zu den malignen von den Chorionzotten (Decidua) ausgehenden Ute-rustumoren (Arch. f. Gyn., XLIX).

FREUND. — Ueber bösartige Tumoren der Chorionzotten (Zeitschr. f. Geb. und Gyn., XXXIV).

GOTTSCHALK. — Ueber das Sarcoma chorio-deciduo-cellulare (Deci-duoma malignum (Berliner Klinische Wochenschrift, 1893).

— Das Sarcom der Chorionzotten (Arch. f. Gyn., XLVI).

GOTTSCHALK. — Ein weiterer Beitrag zur Lehre von den malignen placentar-villösen Geschwulsten (Arch. f. Gyn., LI).

GUTTENPLAN. — Ein Fall von hemorrhagischen Sarcom des Uterus und der Vagina mit Metastase in den Lungen (Inaugural-Dissertation Offenbach, 1883).

HARTMANN et TOUPET. — Annales de gynécologie et obstétrique, 1894.

HÉGAR. — Discussion sur le déciduome (IVe Congrès allemand de gynécologie à Bonn, 1891).

JEANNEL. — Du déciduome malin (Arch. médic. de Toulouse 1895).

KLEIN. — Ein Fall von Deciduo-sarcoma uteri giganto-cellulare. Beitrag zur Lehre der malignen decidualen Geschwülste. (Arch. f. Gyn., XLVII).

KLOTZ. — Das Adenom der Placenta. — Sein Wesen und seine Entstehung, sowie seine Beziehungen zum Abort und zur adhäsiven Retention der Placenta nach erfolgter Fruchtausstosung. Eine bis jetzt unbekannte Erkrankung der Placenta (Arch. f. Gyn., XXVIII).

— Zur Frage der Deciduome (Arch. f. Gyn., XXIX).

KŒTTNITZ. — Uber chorio-deciduale Tumoren malignen Characters (Deutsch. med. Wochenschr., mai 1893).

KOSSMANN. — Das Carcinoma syncytiale uteri (Monatsschrift f. Geb. und Gyn., II).

— Discussion (Zeitschr. f. Geb. und Gyn., XXXIII).

KRIEGER. — Fall von interstitieller Molenbildung (Beiträge zur Geb. und Gyn., X).

KUPPENHEIM. — Ein Fall von Sarcoma deciduo-cellulare. (Centralbl. f. Gyn., août 1895).

KUSTNER. — Decidua-Retention. — Deciduoma. — Adenoma Uteri. (Beiträge zur Geb. und Gyn., X).

LÖHLEIN. — Sarcoma deciduo-cellulare nach vorausgegangenem Myxoma Chorii. (Centr. f. Gyn., 1893 et 1894).

LÖNNBERG et MANNHEIMER. — Zur Kasuistik der bösartigen « serotinalen » Uterusgeschevülste ; vorläufige Mitteilung. (Centralbl. f. Gyn. mai, 1896).

MAIER. — Uber Geschwulstbildung mit dem Baue des Deciduagewebes (Wirchow's Arch., LXVII).

MARCHAND. — Ueber die sogenannten «decidualen» Geschewülste im Anschluss an normale Geburt, Abort, Blasenmole und

Extrauterinschwangerschaft (Monat. f. Geb. und Gyn., 1895).

MENGE.— Ueber Deciduo-sarcoma Uteri (Zeitsch. f. Geb. und Gyn., XXX).

MUELLER.— Verhandlungen der deutsch. Gesellsch. f. Gyn., IVᵉ Congrès, Bonn.

NEUMANN.— Beitrag zur Lehre von malignen Deciduom. (Monatschr. f. Geb. und Gyn., 1896).

— Ein Fall von malignen Deciduom (Wiener klin. Wochenschr., 1896).

PAVIOT. — Un cas de déciduome malin, avec noyaux métastatiques multiples (Ann. de gyn. et d'obst., XLI).

PERSKE. — Ein Fall von sarcoma deciduo-cellulare (Anklam, 1894, G. Kleese).

PESTALLOZA. — Sul significato pathologico degli elementi coriali e sul
cosi detto sarcoma deciduo-cellulare (Ann. de ostetr., Milano, 1895).

PFEIFFER. — Ueber eine eigenartige Geschwulstform des Uterusfun-
dus (deciduoma malignum) (Prager med. Wochenschr., 1890).

RESINELLI. — Del sarcoma deciduo-cellulare (Ann. di ostetr., Milano, 1895).

ROSSI-DORIA. — I blastomiceti nel sarcoma puerperale infettante (deciduoma maligno, sarcoma deciduo-cellulare) (Policlinico,
février 1896).

RUGE. — Ueber das Deciduoma malignum in der Gynäkologie (Zeitschr.
f. Geb. und Gyn., XXXIII).

SAENGER. — Zwei aussergewohnliche Fälle von Abortus (Centralblatt
f. Gyn., 1889).

— Ueber Deciduoma (Verhandlungen der deutsch. Gesellsch. f.
Gyn. IV, Bonn., p. 333).

— Ueber Sarcoma uteri deciduo-cellulare und andere deciduale
Geschwülste (Arch. f. Gyn., LXIV).

SCHMORL. — Ueber malignes Deciduom (Centralb. f. Gyn., 1893).

SCHWAB. — Du déciduome malin (Presse médicale, 1895).

TANNEN. — Ein Fall von Sarcoma uteri deciduo-cellulare (Arch. f.
Gyn., XLIX).

VEIT. — Remarques sur le cas de Sänger (Verhandlungen der deutsch.
Gesellsch. f. Gyn., IV, Bonn., p. 343).

Veit. — Remarques sur le cas de Gottschalk (Berliner Klinische Wochenschr., 1893).

Volkmann. — Ein Fall von interstitieller, destruirender, Molenbildung (Wirchow's Archiv, XLI).

Williams. — Am. gyn. and obst. Journal, juin 1895.

Zweifel. — Diskussion über den Vortrag von Menge (Centralb. f. Gyn., 1894).

136

www.ingramcontent.com/pod-product-compliance
Lightning Source LLC
Chambersburg PA
CBHW061644180626
46818CB00003B/956